D0475433

POR TODO NUESTRO ALREDEDOR

PARA EL ABUELO OSO C.G. Y SU NAVITATE YEMAYA XOL. —XELENA
PARA TI, QUE OBSERVAS SILENCIOSAMENTE Y TE MUEVES MILAGROSAMENTE. —ADRIANA

POR TODO NUESTRO ALREDEDOR
Por Xelena González · Ilustrado por Adriana M. Garcia
Cinco Puntos Press
www.cincopuntos.com

ABUELO DICE QUE LOS CÍRCULOS ESTÁN POR NUESTRO ALREDEDOR. SOLO TENEMOS QUE BUSCARLOS.
SEÑALA EL ARCOÍRIS QUE SE ALZA EN EL CIELO DESPUÉS DE QUE HA LLEGADO UNA NUBE DE TORMENTA.

TRAZA EL ARCO DE COLORES CON SU MANO, Y ME DICE:
—¿LO VES? ESO ES SOLO LA MITAD DEL CÍRCULO.

LA OTRA MITAD ESTÁ DEBAJO DE LA TIERRA,
DONDE EL AGUA Y LA LUZ ALIMENTAN A LA VIDA
NUEVA. ESA ES LA PARTE QUE NO PODEMOS VER.

PERO YO INTENTO VERLA EN MI MENTE.

ABUELO Y YO TRABAJAMOS JUNTOS EN EL JARDÍN,
PLANTANDO FLORES Y COSECHANDO VEGETALES.

COMEMOS LO QUE CULTIVAMOS: LECHUGA CRUJIENTE,
ZANAHORIAS DULCES Y CHILES PICANTES.

ABUELO GUARDA LOS TALLOS, LAS HOJAS Y LAS SEMILLAS
PARA ENTERRARLOS DE NUEVO EN LA TIERRA.

—AQUÍ HAY OTRO CÍRCULO —DICE—. LO QUE RECIBIMOS DE LA TIERRA LO DEVOLVEMOS A LA TIERRA.

DIBUJA UN CÍRCULO GRANDE EN SU PANZA
Y UNO CHIQUITO EN LA MÍA,
Y ME DICE: —¡HASTA DENTRO DE NOSOTROS HAY CÍRCULOS!
ESTO ME HACE REÍR.

ABUELO ME SACA DE PASEO POR EL BARRIO,

DONDE ENCONTRAMOS OTROS CÍRCULOS... EL SOL... LOS RELOJES... LAS RUEDAS DE LAS BICICLETAS...

—TE MOSTRARÉ OTRO CÍRCULO IMPORTANTE ANTES DE QUE SALGA LA LUNA GRANDE Y REDONDA —DICE ABUELO.

CAMINAMOS HACIA EL FONDO DEL JARDÍN Y NOS SENTAMOS BAJO UN ALTO NOGAL.

ABUELO PARECE PONERSE TRISTE CUANDO SE SIENTA. AQUÍ ES DONDE ENTERRAMOS LAS CENIZAS DE NUESTROS ANCESTROS. YO NO LOS RECUERDO, PERO ÉL SÍ.

—HASTA NUESTROS CUERPOS REGRESAN A LA TIERRA —DICE, DANDO UNAS PALMADITAS AL SUELO CON SUS GRANDES MANOS—.

PERO ESO ES SOLO LA MITAD DEL CÍRCULO.
ES LA PARTE QUE NO PODEMOS VER.

FINALMENTE, CAMINAMOS HACIA EL FRENTE DEL JARDÍN PARA REGAR A NUESTRO ÁRBOL MÁS PEQUEÑO. ABUELO LO PLANTÓ PARA MÍ EL DÍA QUE YO NACÍ, Y TODO LO QUE ME ALIMENTÓ MIENTRAS YO CRECÍA EN LA PANZA DE MI MAMÁ ESTÁ ENTERRADO EN SUS RAÍCES. ME ENCANTA TRAERLE AGUA A ESE MANZANO QUE YA ES MÁS ALTO QUE YO.

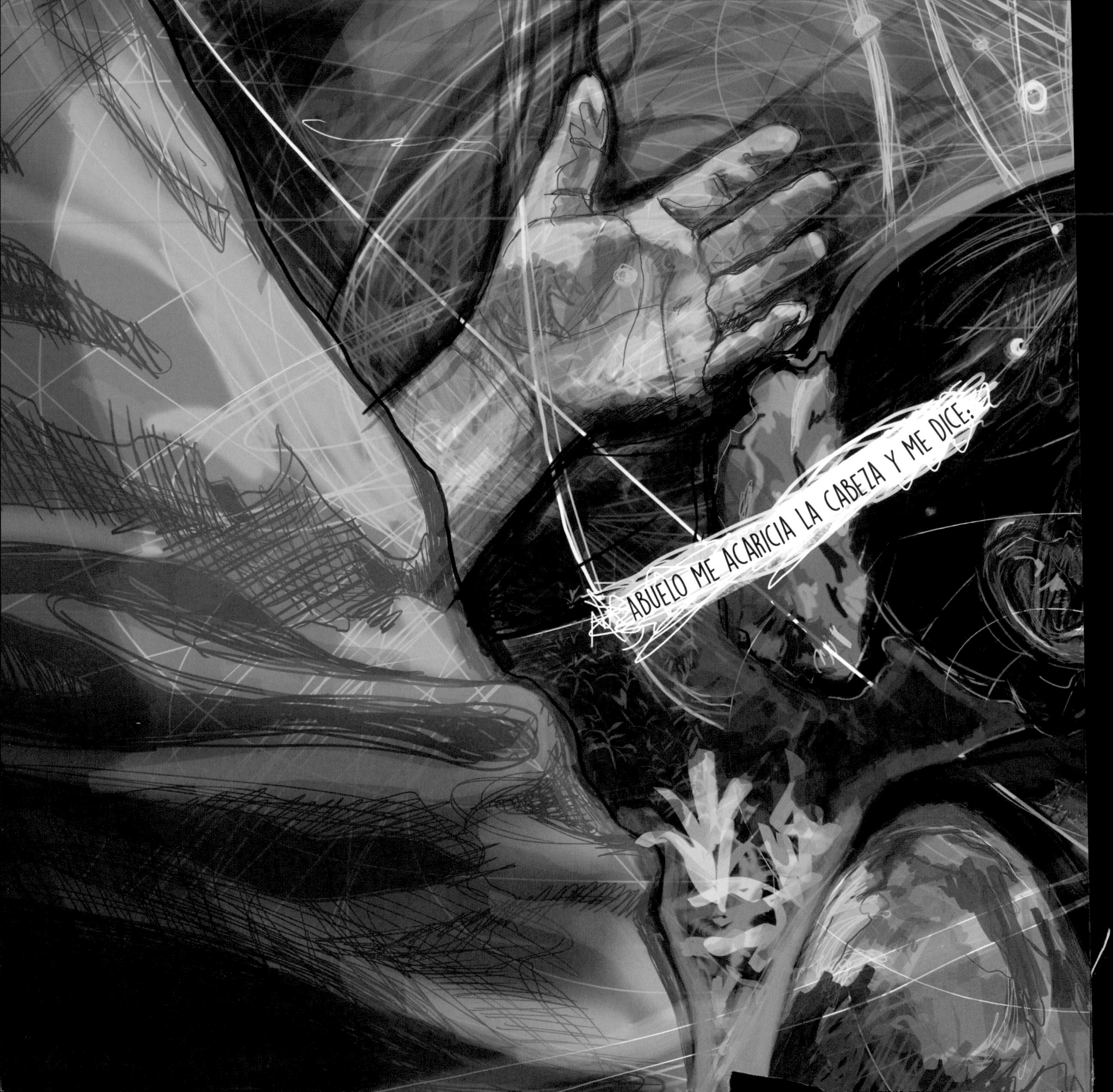
ABUELO ME ACARICIA LA CABEZA Y ME DICE:

—¿VES, MI NIETA? TENEMOS VIDA NUEVA EN TI.

YO TAMBIÉN SOY PARTE DEL CÍRCULO, LA PARTE QUE SÍ PODEMOS VER... ¡IGUAL QUE UN ARCOÍRIS!

ESTIMADO LECTOR:

Cuando tenía seis años, me dieron una tarea en clase de dibujar una línea de tiempo de mi vida. El nacimiento fue el comienzo. Los primeros pasos y el primer diente caído fueron hitos. Me pregunté en voz alta cómo continuaría mi línea de tiempo y, más importante, cómo terminaría.

Cuando mi padre me escuchó, sacudió la cabeza. "La gente te dirá que es una línea, pero nosotros creemos que es un círculo", dijo, reuniendo dos puntos imaginarios de una línea de tiempo y uniéndolos en el aire para formar un círculo. Al decir "nosotros", se refería a nuestra familia de cuatro, y a nuestra gran familia de personas, a quienes llamamos mestizos. Este nombre se refiere a nuestra mezcla birracial de ascendencia indígena y española.

Nos enseñaron a venerar a nuestros mayores, incluso a aquellos que fallecieron. También nos enseñaron a no temer a la muerte, que es una parte esencial de la vida. En mi familia, hemos cremado a nuestros parientes que fallecieron, pero no enterramos las cenizas, como lo hace la familia en la historia. Esto es de mi imaginación, una buena forma de regresar a los tiempos de los cementerios ancestrales y las parcelas familiares. Es la forma en que deseo regresar a la tierra.

Al igual que la familia en la historia, plantamos las placentas de nuestros hijos después del nacimiento. Esta es una costumbre practicada por muchas culturas de todo el mundo, especialmente los Navajos de América y los maoríes de Nueva Zelanda. Creemos que esta práctica, junto con el arte de la jardinería, es una forma vital de reconectarse con la tierra, especialmente nuestro pequeño pedazo de tierra donde mi familia ha vivido durante cinco generaciones.

En estos días, parece que más gente está encontrando diferentes formas de honrar a la tierra y sus antepasados. Más personas están creando rituales de nacimiento y muerte que son adecuados para sus familias. Y cada vez más personas se ven a sí mismas como parte de un círculo mayor.

Gracias por abrir este libro y abrir tu mente a las ideas adentro.

—XELENA GONZÁLEZ

Gracias a las siguientes personas por su ayuda al traducir nuestras palabras—Amalia "Maya" Guirao, Rafael Juárez, Luis Humberto Crothswaite, Isabel Zepeda, y Jessica Chávez.

PRIMERA EDICIÓN

10 9 8 7 6 5 4 3 2 1

Biblioteca del Congreso Catalogación en Datos de Publicación

Nombres: González, Xelena, autor. | Garcia, Adriana M., ilustradora.
Título: Por Todo Nuestro Alrededor / por Xelena González ; ilustrado por Adriana M. García.
Descripción: Primera edición. | El Paso, Texas: Cinco Puntos Press, [2017] |
Resumen: Encontrando circulos en todos lugares, un abuelo y su nieta meditan sobre los ciclos de la vida y naturaleza.
Identificadores: LCCN 2017014877 | ISBN 9781941026762 (tapa dura)
Temas: | CYAC: Circle—Ficción. | Naturaleza—Ficción. | Ciclos de vida (Biología)—Ficción. | Abuelos—Ficción. | BISAC: FICCIÓN JUVENIL / Familia / Multi-generacional. | FICCIÓN JUVENIL / Asuntos sociales / Amistad. | FICCIÓN JUVENIL / Asuntos sociales / Muerte & Morir. | FICCIÓN JUVENIL / Naturaleza & el Mundo Natural / Medio ambiente.
Classificación: LCC PZ7.1.G6533 Al 2017 | DDC [E]—dc23
Registro de LC disponible en https://lccn.loc.gov/2017014877

ADRIANA M. GARCIA is es una artista que ha trabajado con pintura acrilica y óleo por más de 20 años. Sin embargo, para *Por Todo Nuestro Alrededor*, exploró el mundo de creación digital. Usando una tableta Wacum con un lápiz óptico, y trabajando en un programa de pintura, ella creó las ilustraciones para este libro. Adriana tomó fotos de la hija y padre de Xelena para usar como inspiración para las ilustraciones en este libro. *Por Todo Nuestro Alrededor* es su primer libro ilustrado.

UNA NOTA SOBRE LA FUENTE: La historia para este libro esta compuesta en la fuente Lemon Yellow Sun, diseñada por Hanoded. Es alta, completamente de letras mayusculas y nombrada por una linea de la canción de Pearl Jam favorita del creador, *Jeremy*. El resto de la fuente, (como la que estas leyendo ahora) es compuesta en Adobe Caslon. Es una fuente serif originalmente diseñada por William Caslon en 1722. Benjamin Franklin la uso extensamente, y, de hecho, fue la fuente usada para componer ambas la Declaración de Independencia y Constitución de los E.E.U.U.

Diseñada por Anne M. Giangiulio

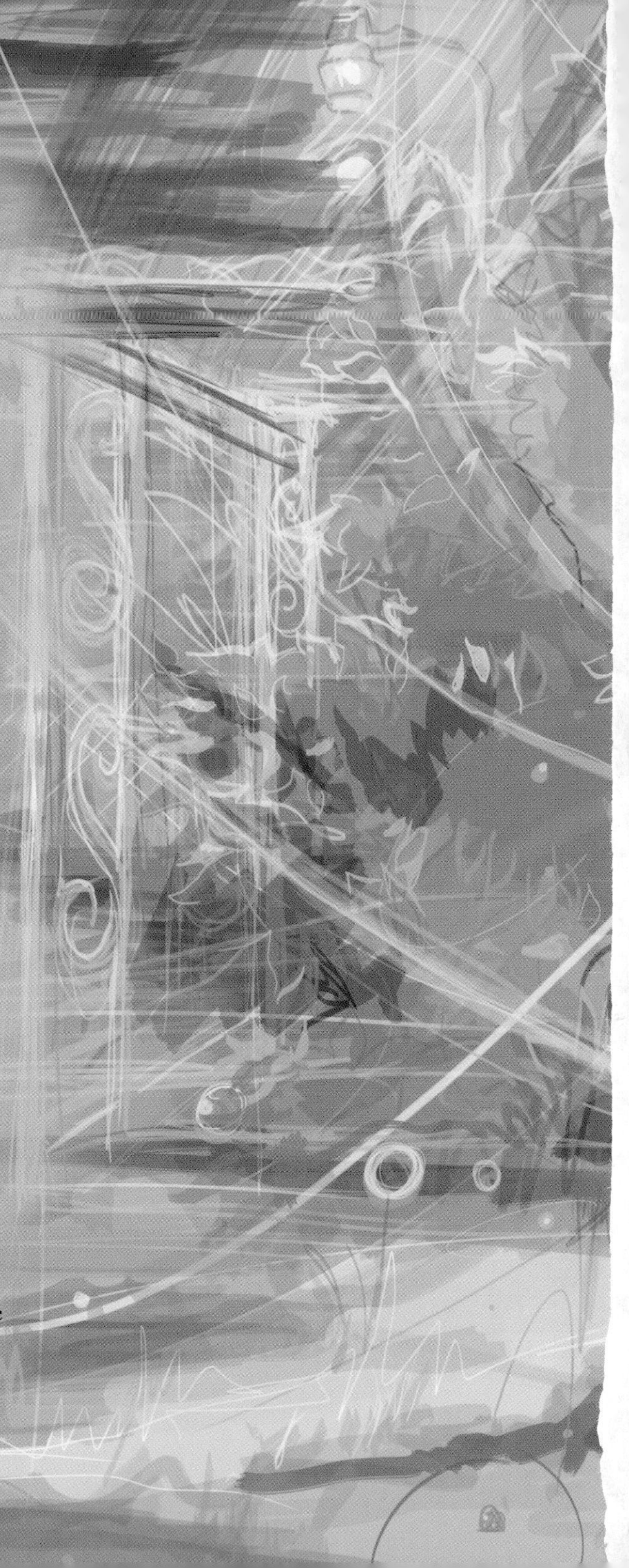